La bestia humana

de Émile Zola

GUÍA DE LECTURA

Escrita por Cécile Perrel
Traducida por Juan Lopez

La bestia humana

de Émile Zola

ÉMILE ZOLA

ESCRITOR Y PERIODISTA FRANCÉS

- **Nacido en 1840 en París**

- **Falleció en 1902 en la misma ciudad**

- **Algunas de sus obras:**

  - *Nana* (1880), novela

  - *Au Bonheur des Dames* (1883), novela

  - *Germinal* (1885), novela

Émile Zola está considerado uno de los novelistas más importantes del SIGLO XIX en Francia[e] . Se le conoce sobre todo como líder del movimiento naturalista, que pretendía aplicar a la literatura los métodos científicos experimentales de la época: tras observar la realidad, Zola formulaba una hipótesis y la verificaba mediante la experimentación en sus obras. El ciclo novelesco de los *Rougon-Macquart*, principal obra del autor, es una ilustración de esta estética. Este fresco de veinte libros fue un gran éxito a pesar de las numerosas críticas.

Zola también es famoso por las posturas que adopta, que a menudo le acarrean condenas. El más notorio de ellos es el asunto Dreyfus, en el que su panfleto *J'accuse...!* (1898) contribuyó en gran medida al éxito del juicio del capitán Dreyfus (1859-1935).

LA BESTIA HUMANA

CASO PENAL DE LA FAMILIA ROUGON-MACQUART

- **Género:** novela

- **Edición de referencia:** *La Bête humaine*, París, Gallimard, colección "Folio classique", 2003, 512 p.

- **1re edición:** 1890

- **Temas:** naturalismo, herencia, impulsos asesinos, crimen, violencia, personificación

Decimoséptima novela de la serie *Rougon-Macquart*, *La Bête humaine* se publicó por primera vez como folletín en el diario *La Vie populaire* antes de aparecer en volumen en marzo de 1890.

En esta obra, Zola cuenta la historia de Jacques Lantier, maquinista de la línea París-Le Havre. Está marcado por una herencia mórbida y unos impulsos asesinos que le alejan de las mujeres. A pesar de sus precauciones, se enamora de la guapa Séverine Roubaud, esposa de un colega, y comienza a tener un romance con ella, hasta que su maldad reaparece y le hace cometer lo irreparable.

RESUMEN

CAPÍTULO I

Roubaud, jefe adjunto de la estación de Le Havre en la Compagnie de l'Ouest, pasa el día en París, donde ha sido convocado por su dirección. Tras su cita, espera a su mujer, Séverine, que ha aprovechado el viaje para hacer unas compras. Cuando Séverine llega, la pareja almuerza tranquilamente, pero el tono sube cuando Roubaud se entera de que el anillo que Séverine siempre ha llevado se lo regaló el magistrado Grandmorin, su padrino, que la crió y abusó de ella cuando sólo era una niña. Pensando que Séverine es la amante de Grandmorin, la golpea. Loco de celos, decide entonces matar a Grandmorin. Le tiende una trampa con la ayuda de Séverine, que está demasiado aterrorizada para intentar cualquier tipo de rebelión. En una carta, ella le pide que tome el tren desde la capital hasta su finca normanda. Una vez terminada la carta, la pareja se dirige a la estación para tomar el mismo tren de regreso a su casa de Le Havre.

CAPÍTULO II

Jacques Lantier, uno de los mecánicos de la Compagnie de l'Ouest, llega a la Croix-de-Maufras, en la línea ferroviaria entre París y Le Havre. Acude a saludar a su tía Phasie, que cuidó de él cuando era niño. Vive con su hija

Flore y su marido Misard. Cerca de allí hay una gran casa burguesa desocupada, propiedad de Grandmorin, que en su testamento pasará a Séverine Roubaud.

Tía Phasie acaba de perder a su segunda hija en extrañas circunstancias: mientras Louisette era criada en casa de Grandmorin, una noche huyó a casa de un vecino, Cabuche, malherida. Murió a causa de las heridas tras contar a la policía que Grandmorin había intentado abusar de ella. La historia se silenció. Jacques, movido por la curiosidad, irrumpe en la finca de Grandmorin, donde encuentra a Flore, que está encaprichada de él. Cuando ella se le ofrece, Jacques huye, dominado por el mal que siempre le ha roído: ante una mujer, le atormenta el deseo de matar. Camina largo rato por las vías del tren. Cuando pasa el tren de París, ve a un hombre degollando a otro en uno de los vagones. Perturbado, regresa a casa de su tía, pero en el camino se encuentra con Misard, que le dice que ha descubierto un cadáver en la pista. Los dos hombres se acercan: es Grandmorin. Cuando llega la policía, Jacques se pregunta si debe revelar lo que ha visto.

CAPÍTULO III

A la mañana siguiente, Roubaud, nervioso, ocupa su puesto en la estación de Le Havre. Se entera por un despacho de que el presidente Grandmorin ha sido encontrado muerto a un lado de la vía que va de París a Le Havre. El jefe de estación, recordando que Roubaud había regresado el día anterior en el mismo tren, le interroga. También se llama a Séverine para que corrobore las declaraciones de su marido. Confirman haberse reunido con el Presidente, pero no hicieron el viaje juntos. Mientras tanto, Jacques llega y les cuenta lo que vio la noche anterior.

CAPÍTULO IV

M. Denizet, juez de instrucción encargado del caso Grandmorin, citó al matrimonio Roubaud, a la hija de Grandmorin y a su marido, a Jacques Lantier y a Mme Bonnehon, hermana de la víctima. Tras leer el testamento del difunto, le pareció que el legado de la casa de la Croix-de-Maufras podía constituir un buen motivo; sus sospechas se centraron, pues, en los Roubaud. Cuando Jacques es interrogado, se da cuenta de que Roubaud es el retrato exacto del asesino que vio en el tren. Pero, preocupado por Séverine, se calla. Finalmente, el juez detiene a Cabuche, el vecino de los Misard que había acudido a casa de Louisette para morir y que había jurado, en su momento, vengarla. Cuando sale del despacho del juez, Roubaud, que se ha dado cuenta de que Jacques sabe algo, decide involucrarse con el mecánico: quiere vigilar a este testigo problemático.

CAPÍTULO V

Séverine va a París, a ver al Sr. Camy-Lamotte, encargado de poner en orden los papeles de Grandmorin: quiere asegurarse de que la carta que le había enviado no ha sido encontrada. Camy-Lamotte la recibe con curiosidad: ha encontrado la carta y sospecha que la joven es la autora. Mediante un subterfugio, consigue que ella le escriba una carta y tiene que enfrentarse a los hechos: es efectivamente Séverine quien ha escrito la carta. Comprende inmediatamente que el matrimonio Roubaud es culpable, pero acusarles debilitaría a la Compagnie de l'Ouest. Por ello, prefiere guardar silencio. Séverine encuentra entonces a Jacques y, antes de volver a casa, dan un paseo. La joven se da cuenta de que el mecánico se siente atraído por ella. Le confiesa a medias que sabe la verdad, pero promete no revelar nada. La idea de que Séverine es una asesina le da un aura especial a sus ojos.

CAPÍTULO VI

Ha pasado un mes desde el asesinato de Grandmorin. El caso se ha cerrado, Cabuche ha sido puesto en libertad y los Roubaud parecen tranquilos. La única sombra es el reloj y el dinero que robaron en el momento del asesinato y que esconden en casa.

Jacques y Séverine entablan una tierna relación y empiezan a verse a escondidas. Con ella, Jacques es feliz y su deseo de matar desaparece. Pronto se hacen amantes y viajan a la capital todos los viernes, día en que Jacques conduce el tren. Por su parte, Roubaud empieza a apostar y a endeudarse.

CAPÍTULO VII

El viernes siguiente, cerca de La Croix-de-Maufras, el tren se detuvo, bloqueado por la nieve. La limpieza de la nieve es muy larga, así que Misard sugiere a Séverine que vaya a calentarse a su casa. Es allí donde Flore escucha un beso entre Jacques y la joven. La ira aumenta en su interior. Cuando por fin el tren vuelve a ponerse en marcha, la Lison (la locomotora), averiada, no reacciona igual de bien.

CAPÍTULO VIII

Como el tren llega a París muy tarde por la noche, el viaje de vuelta no está previsto hasta el día siguiente. Jacques y Séverine pasan la noche juntos. De repente, Séverine siente la necesidad de confiar en él y le cuenta el asesinato de Grandmorin. Jacques la interroga largamente sobre lo que sintió cuando lo mató, y sus impulsos asesinos regresan.

CAPÍTULO IX

En Le Havre, Roubaud se ausenta cada vez más por el juego y sus deudas aumentan. Entonces empieza a robar del botín que robó a Grandmorin el día de su asesinato. Cuando Séverine se da cuenta de que su marido se lo ha gastado todo, monta en cólera y se lleva el reloj, que confía a Jacques para que Roubaud no pueda utilizarlo para saldar sus deudas.

Mientras los dos amantes están abrazados en el piso de los Roubaud, aparece el marido y los sorprende. Como no reacciona, Jacques y Séverine deciden dejar de esconderse. Sin embargo, Roubaud se interpone y deciden matarlo. Una noche, mientras Roubaud está de guardia y hace la ronda en la estación, Jacques, armado con un cuchillo, y Séverine le siguen. Pero, en el último momento, Jacques no se atreve a golpear.

CAPÍTULO X

Flore, aún furiosa, quiere vengarse de Séverine, y es Cabuche quien involuntariamente le proporciona los medios para llevar a cabo su plan: cuando el tren del viernes está a punto de llegar, Cabuche se presenta ante la casa de sus vecinos con un carro lleno de piedras; Flore aprovecha para empujar el carro a la vía. El tren choca de frente con el carro, provocando un terrible descarrilamiento. Séverine y Jacques salen ilesos, pero el accidente deja 15 muertos y 32 heridos graves. Desesperada y consciente del horror de su acción, Flore se arroja bajo un tren. Mientras tanto, Séverine traslada a Jacques a su casa de la Croix-de-Maufras.

CAPÍTULO XI

Jacques se está recuperando de sus heridas superficiales. Cabuche, secretamente enamorado de Séverine, está muy presente, ayudando a la joven con las tareas domésticas. Al cabo de diez días, el médico autoriza a Jacques a volver al trabajo: pasa una última noche con Séverine en la casa de la Croix-de-Maufras. Pero el joven está inquieto porque sus impulsos asesinos son cada vez más fuertes.

Los amantes deciden tenderle una trampa a Roubaud: lo introducen en la casa, lo matan y luego arrojan el cadáver a la carretera para que parezca un suicidio. Sin embargo, nada sale según lo previsto: enloquecido, Jacques coge el cuchillo con el que iba a degollar a Roubaud y mata a Séverine antes de huir. Pasa rozando a Cabuche, que merodeaba por el jardín, pero éste no le reconoce y entra en la casa, donde encuentra a Séverine tendida en el suelo. En ese momento llegan Roubaud y Misard.

CAPÍTULO XII

Han pasado tres meses desde la muerte de Séverine. Cabuche ha sido detenido por el asesinato de la joven, pero también por el de Grandmorin. En cuanto a Roubaud, está en prisión por haber ordenado ambos asesinatos. Se sospecha que hizo matar a Grandmorin para recibir más rápidamente la herencia prometida a su esposa y que quiso deshacerse de Séverine para disfrutar sola del dinero. Ambos son condenados a cadena perpetua.

En cuanto a Jacques, ha ocupado su puesto en una nueva máquina. Pero la animosidad crece con su chófer porque Jacques tiene una aventura con su amante. Una noche, el chófer llega al trabajo completamente borracho y se niega a obedecer las órdenes de Jacques. Llegan a las manos mientras el tren es arrojado a las vías. Durante la pelea, caen y son destrozados por las ruedas.

ESTUDIO DE CARACTERES

JACQUES LANTIER

Jacques Lantier es un joven alto y moreno de 26 años: "Un chico guapo, de cara redonda y regular, pero estropeada por unas mandíbulas fuertes. Su pelo, plantado duro, rizado, así como sus bigotes, tan espesos, tan negros, que aumentaban la palidez de su tez." (p. 65) Abandonado por sus padres, fue criado por su tía Phasie, por la que siente un profundo afecto. Estudió en la Escuela de Artes y Oficios y, al salir, eligió ser mecánico ferroviario, atraído por la soledad del trabajo.

Desde su adolescencia, sufre violentos dolores de cabeza que le sumen en un estado de inconsciencia. A menudo se deja llevar por impulsos violentos, sueña con derramar sangre y experimenta las sensaciones que siente un asesino al matar. Le molesta especialmente la compañía de las mujeres, y por eso huye de ellas. La historia trata de su lucha por no convertirse en un hombre monstruoso. A pesar de ello, tiene un romance con Séverine, la mujer del subjefe de la estación de Le Havre, dejando atrás a su prima Flore, que está enamorada de él. Aunque parece liberarse de sus impulsos durante un tiempo, acaba degollando a su amante, pero no es detenido.

Muere en una discusión con el maquinista al caer a la vía. Es un hombre psicológicamente enfermo. Consciente de su condición, intenta escapar de su neurosis, pero en vano: al final de la novela, triunfa su bestialidad.

SÉVERINE ROUBAUD

Séverine Roubaud es una joven de 25 años: "Parecía alta, delgada y muy flexible, gorda pero de huesos pequeños. Al principio no era bonita, con una cara alargada, una boca fuerte, iluminada por unos dientes admirables. Pero, mirándola, seducía por el encanto, la extrañeza de sus grandes ojos azules, bajo su espesa cabellera negra". (p. 33) Despierta el deseo de todos los hombres de la novela: es la esposa de Roubaud, la antigua "amante" del presidente Grandmorin y la amante de Jacques; Cabuche está secretamente enamorado de ella e incluso el secretario general Camy-Lamotte especula con chantajearla para obtener sus favores.

Es la hija del jardinero de Grandmorin. Tras la muerte de su padre, se hace cargo de ella él, que también es su padrino. Cuando se casó con Roubaud, la pareja quedó bajo la protección del magistrado. En su testamento le dejó la propiedad de Croix-de-Maufras. Más tarde nos enteramos de que Séverine, maltratada por Grandmorin cuando era joven, es su "amante", lo que vuelve loco de celos a su marido cuando se entera. Ella le ayuda a matar al magistrado, pero a partir de ese momento su relación se desintegra. Entonces toma como amante a Jacques Lantier, que acaba matándola.

Al principio de la novela, aparece como una joven frágil y dócil: obedece sin pensar a Grandmorin, que se aprovecha de ella físicamente, y luego a su marido ayudándole a asesinar a su protector. Pero, poco a poco, abandona su pasividad para convertirse en la que incita al mal: durante su aventura con Jacques, le empuja a matar a Roubaud.

ROUBAUD

Roubaud se acerca a los cuarenta, tiene el pelo rojo y rizado: "Su barba, que llevaba poblada, era también espesa, de un rubio soleado. Y, de estatura media, pero de extraordinario vigor, le gustaba su persona, satisfecha de su cabeza ligeramente plana, de frente baja, cuello grueso y rostro redondo y sanguíneo, iluminado por dos ojos grandes y vivaces. (p. 31) Empleado concienzudo, debe su desarrollo a su matrimonio con Séverine: gracias a la relación privilegiada de ésta con el presidente Grandmorin, se convierte en jefe adjunto de la estación de Havre. Pero también es un hombre brutal y violento que sólo obedece a sus instintos: a menudo se le compara con un animal. Cuando se entera de la aventura de su esposa con Grandmorin, sus celos le vuelven tan loco que degüella brutalmente al presidente en el tren. Tras este asesinato, su vida se deteriora lentamente: empieza a jugar, se endeuda, deja de comunicarse con su mujer y ni siquiera reacciona cuando la sorprende en brazos de su amante. También parece cada vez más alienado de sí mismo, deambulando continuamente entre la estación y el café. Finalmente es detenido por ordenar el asesinato de Grandmorin y Séverine.

FLORA

Flore es prima de Jacques Lantier. Es "una chica alta, de dieciocho años, rubia, fuerte, de boca gruesa, ojos grandes y verdosos, frente baja, bajo un cabello espeso. No era guapa, tenía las caderas fuertes y los brazos duros de un chico" (capítulo II). Se la presenta como una salvaje, a imagen de la región de Croix-de-Maufras, que conoce bien, y se la describe como una mujer fuerte y de notable estatura. Su hermana Louisette murió tras ser maltratada por Grandmorin. Vive con su madre Phasie y su padrastro Misard en la portería junto a la Croix-de-Maufras.

Lleva mucho tiempo enamorada de Jacques, pero rechaza a todos sus pretendientes. Muy celosa, se siente traicionada por su primo cuando éste toma a Séverine como amante y siente el "instinto salvaje de destruir" (capítulo X). Para matar a los amantes, provoca un gran desastre ferroviario empujando a las vías el carro de Cabuche lleno de piedras. Aunque el accidente mata a varias personas y hiere a muchas otras, Lantier y Séverine salen ilesos. Incapaz de soportar el horror de su acción, se arroja delante de un tren: "Erguida en su alta y flexible estatura de estatua, equilibrada sobre sus fuertes piernas, avanzó. [...] Y, en la espantosa conmoción, en el abrazo, se enderezó de nuevo, como si, levantada por una última revuelta de luchadora, quisiera abrazar al coloso y derribarlo. (*id.*)

CLAVES DE LECTURA

LA NOVELA NATURALISTA

La historia de la novela naturalista comenzó en 1865 con la publicación de *Germinie Lacerteux*, de Edmond (1822-1896) y Jules (1830-1870) de Goncourt, que detalla la perdición de una campesina que llega a París y su caída. Los llamados escritores naturalistas se inspiraron en los métodos científicos de observación, especialmente la termodinámica y la medicina. De este modo, llevaron un paso más allá la obra de los realistas, que se interesaban sobre todo por las clases trabajadoras, y trataron de evocar las neurosis, la locura, los impulsos y, en el contexto de *La Bête humaine*, lo que Zola llamaba las "vegetaciones sordas del crimen".

El naturalismo de Zola puede dividirse en dos periodos distintos: el primero comienza con la publicación de *Mes Haines* (1866) y termina en 1878 con la lectura de *Introduction à l'étude de la médecine expérimentale* de Claude Bernard (fisiólogo, 1813-1878). En esa época rechazó las ideas de Hippolyte Taine (filósofo francés, 1828-1893), quien, en su opinión, daba demasiada importancia al determinismo (la negación del libre albedrío) y no tenía suficientemente en cuenta la cuestión de la personalidad. El segundo período del naturalismo zoliano fue aquel en el que desarrolló su doctrina del método experimental, es decir, que la observación de una situación permite formular hipótesis que la experiencia confirmará o refutará. En 1880 publicó *Le roman expérimental*, una colección de artículos en los que presentaba su nueva teoría:

> *"El objetivo del método experimental, en fisiología y medicina, es estudiar los fenómenos para dominarlos [...] este sueño del fisiólogo y del médico experimental es también el del novelista que aplica el método experimental al estudio natural y social del hombre [...]. [En una palabra, somos moralistas experimentales, que muestran mediante experimentos cómo se comporta una pasión en un entorno social.*

Este experimento se llevará a cabo a través de una saga familiar, *Les Rougon-Macquart*.

NATURALISMO Y HERENCIA

"Quiero explicar cómo se comporta una familia, un pequeño grupo de seres, en una sociedad, al florecer para dar lugar a diez, veinte individuos que parecen, a primera vista, profundamente disímiles, pero que el análisis demuestra que están íntimamente ligados entre sí. La herencia tiene sus leyes, como la gravedad", explica Zola en el prefacio de *La Fortune des Rougon*, primer volumen de la saga novelística de los *Rougon-Macquart*. Partiendo de un doble postulado -el hombre está condicionado por su entorno y por la herencia-, Zola situaba a sus personajes en un entorno preciso, luego los estudiaba a la manera de un médico, describiendo los hechos que debían producirse a la vista de los postulados básicos.

En *La Bête humaine*, Zola insiste una y otra vez en la pesada herencia familiar que arrastra Jacques. Es hijo de Gervaise Macquart, que murió sin hogar en París tras caer en el alcoholismo, y de Auguste Lantier, su amante, un hombre sin moral. Su bisabuela, Adélaïde Fouque, una de las protagonistas de *La Fortune des Rougon*, murió demente, en un manicomio. Varias veces en *La Bête humaine* se menciona que Jacques sufrió extraños ataques en su adolescencia: los dolores le torcían el cráneo, le dejaban febril y deprimido, o le hacían esconderse como un animal en un agujero. No desaparecieron con la edad adulta, pero se transformaron en impulsos asesinos. Para Zola, este defecto es una carga legada por su familia: una bisabuela loca y una madre alcohólica sólo podían darle una persona que también sufre problemas psicológicos. Desgarrado, Jacques lucha por alejar de sí esos deseos asesinos. Lo consigue durante un tiempo e incluso cree haber encontrado la felicidad con Séverine. Pero sus primeros instintos le atrapan y, al final de la novela, ya no se controla y mata a la joven. Zola concluye con estas palabras: "[...] Acababa de ser arrastrado por la herencia de la violencia". (p. 419)

JACQUES Y EL LISON

Jacques, obligado a huir de las mujeres, dirigió su amor hacia su locomotora, equiparada en la novela a una mujer: "Y es cierto que la amó con amor, a su máquina, durante los cuatro años que llevaba conduciéndola [...] Si la amaba, era realmente porque tenía buenas cualidades. [...] Si la amaba, era realmente porque tenía las cualidades de una buena mujer. (p. 196) Se la nombra (al Lisón) e incluso se la personifica: "Era una de esas máquinas expresas, con dos ejes acoplados, de una elegancia fina y gigantesca, con sus grandes ruedas ligeras unidas por brazos de acero, su ancho pecho, sus lomos alargados y poderosos." (p. 195) El campo léxico utilizado es, en efecto, el que se emplearía más para describir a un ser humano: la máquina está dotada de brazos, de riñones. Además, James la cuida como a una persona.

Tras su encuentro con Séverine, la Lison, hasta entonces impecable, empieza a funcionar peor, como descubrimos en particular durante el episodio del viaje en la nieve, cuando el tren queda bloqueado en la Croix-de-Maufras durante mucho tiempo. Cuando el motor vuelve a arrancar, Jacques se pregunta si su Lison sufría "graves trastornos internos [...] nada es más delicado que el complicado mecanismo de los cajones, donde late el corazón, el alma viva" (p. 274). La locomotora da así la impresión de reaccionar como si le doliera la relación entre su mecánico y Séverine.

En la novela puede verse una comparación más general entre el hombre y la máquina. De hecho, en varias ocasiones, el ritmo frenético de la locomotora se compara, o al menos se pone en paralelo, con el ritmo de la vida humana, o incluso con la violencia incontrolable que caracteriza a varios personajes de la novela. Por ejemplo, el autor describe el expreso de Le Havre que "se fue con su violencia tempestuosa, como si hubiera barrido todo lo que tenía delante":

> "Era una aparición relámpago: al instante, los vagones se sucedían, las pequeñas ventanas cuadradas de las puertas, violentamente iluminadas, hacían desfilar compartimentos llenos de viajeros, en tal vértigo de velocidad, que el ojo dudaba entonces de las imágenes vistas." (p. 90)

Se trata de la descripción de una máquina que se lanza a toda velocidad y a la que nada parece poder detener. Esta imagen recuerda el frenesí violento de Roubaud en el capítulo I, cuando entra en cólera al enterarse de la aventura de Séverine con Grandmorin:

> *"La furia de Roubaud nunca se calmó. Tan pronto como parecía disiparse un poco, volvía en seguida, como la embriaguez, en grandes olas redobladas, que lo arrastraban en su vértigo. Ya no se poseía a sí mismo, golpeaba el vacío, arrojado a todas las sacudidas del viento de violencia con que se flagelaba, recayendo en la sola necesidad de apaciguar a la bestia aullante que llevaba dentro. (p. 53)*

El hombre, como la máquina, no puede detenerse cuando se ve atrapado por tales impulsos destructivos.

UNA NOVELA NEGRA

La prensa de la época era muy aficionada a los casos penales y a menudo se encuentra en sus páginas un resumen de ciertos juicios. El propio Zola escribió para *La Tribune* un relato del proceso de los tres envenenadores de Marsella, un famoso caso de la época. Ante esta moda, el escritor quiso incluir una "novela jurídica" en el ciclo *Rougon-Macquart*: se trataba, por supuesto, de *La Bête humaine*. En aquella época, Zola vivía en Médan, al borde de la línea ferroviaria que unía París con Le Havre. Por ello, imaginó el escenario de su obra viendo pasar el tren ante sus ojos todos los días.

La Bestia Humana es una novela llena de violencia que narra la historia de varios crímenes, el primero de los cuales, el de Grandmorin, conduce a todos los demás. La gente mata con mucha facilidad, y siempre por motivos viles como los celos, la codicia o el gusto por la sangre. Ante tal brutalidad, matar se convierte, a medida que avanza la trama, en un acto cada vez más banal. Al principio, cuando Roubaud decide asesinar a Grandmorin, le tiende una trampa inteligente y a sangre fría. Más tarde, deseosa de deshacerse de su marido para vivir con su amante, Séverine pide a Jacques que mate a Roubaud, sencillamente, sin sentir evidentemente ningún remordimiento ni que le remuerda la conciencia. De hecho, en ningún momento Roubaud siente el menor temor por su acto. Ha matado a Grandmorin, pero no se arrepiente de ello, aunque le provoque una gran excitación y un intenso nerviosismo. Jacques también desea matar; incluso forma parte de su ser, ya que siente impulsos asesinos desde muy joven: "¡Oh! dar una puñalada así, satisfacer este deseo lejano, saber lo que se siente, saborear este minuto en que se vive más que en toda la existencia". (p. 299) Sólo que, cuando Séverine le pide que mate a su marido, Jacques es incapaz de hacerlo. Para él, el crimen debe provenir de un impulso, no de la reflexión, debe ser el resultado de un impulso repentino. Por esta razón, dejará vivir a Roubaud pero matará a Séverine.

El estudio del carácter de Jacques es una parte fundamental de la obra. Al igual que Dostoievski (novelista ruso, 1821-1881) en *Crimen y castigo* (1866) – novela en la que el alma del héroe, un criminal, es estudiada detenidamente, diseccionada, para comprender las razones que le llevaron a cometer el crimen y los sentimientos que le habitan una vez consumado su acto –, Zola diserta largamente sobre la personalidad de Lantier. Es un hombre que siempre ha estado habitado por el mal, ya que sus impulsos asesinos se manifestaron muy pronto en su vida. Es víctima de una especie de doble personalidad, una dualidad como la del Dr. Jekyll y Mr. Hyde en la novela homónima de Stevenson (escritor escocés, 1850-1894): Jacques siente esos impulsos, pero intenta a toda costa evitar el asesinato. En este sentido, puede decirse que Zola está describiendo realmente una "bestia humana", un animal con rostro humano que acabará atrapado en su bestialidad.

VÍAS DE REFLEXIÓN

ALGUNAS IDEAS PARA SEGUIR REFLEXIONANDO...

- Explique el título de la obra en relación con su lectura.

- ¿En qué se diferencia Cabuche de los demás personajes de la novela?

- Estudiar la evolución del carácter de Severine. ¿La situaría en el bando de las víctimas o en el de los agresores? Justifique su respuesta.

- ¿Hasta qué punto es Jacques Lantier dueño de su destino?

- ¿Qué imagen del amor presenta Zola en su novela?

- En *La Bête humaine* se habla mucho de justicia. ¿Cómo trata Zola este concepto? ¿Qué visión da de ello?

- ¿Qué indicaciones históricas se dan en la novela? ¿Podemos decir que *La Bête humaine* es una novela histórica? Explícate.

- ¿En qué sentido puede decirse que esta novela es naturalista? Por favor, explíquese.

- ¿Qué papel desempeña el pueblo de La Croix de Maufras en la trama? ¿Por qué Jacques tiene una sensación extraña cada vez que va allí? Desarrolla tu respuesta con ejemplos concretos.

- En su opinión, ¿es el entorno ferroviario un simple escenario para la historia? Justifique su respuesta.

PARA IR MÁS LEJOS

EDICIÓN DE REFERENCIA

Zola É., *La Bête humaine*, París, Gallimard, colección « Folio classique », 2003, 512 p.

ESTUDIOS COMPARATIVOS

Becker C., *Le roman naturaliste*, París, Bréal, coll. « Connaissance d'un thème », 1999.

Becker C., *Lire le réalisme et le naturalisme*, París, Armand Colin, coll. « Lettres sup. », 2010.

Mitterand H., *Zola et le naturalisme*, París, PUF, « Que sais-je ?

Noël L., « Le principe du déterminisme », en *Revue néo-scolastique*, n° 45, 1905.

ADAPTACIONES

La Bête humaine, película de Jean Renoir, guión de Jean Renoir, con Jean Gabin, Simone Signoret y Fernand Ledoux, Francia, 1938.

Deseos humanos, película de Fritz Lang, guión de Alfred Hayes, con Glenn Ford y Gloria Grahame, EE.UU., 1954.

¡Su opinión nos interesa!
¡Deje un comentario en la pagina web de su librería en línea,
y comparta sus favoritos en las redes sociales!

Muchas más guías para descubrir tu pasión por la literatura

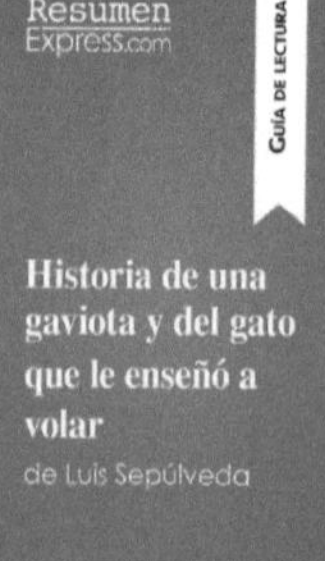

www.ResumenExpress.com

www.resumenexpress.com

ISBN ebook: 9782808687195
ISBN papel: 9782808698597
Depósito legal: D/2023/12603/1139

Cubierta: © Primento
Libro realizado por Primento, el socio digital de los editores